AF178910

Victoria Mhuk

angeschafft ...
kaputt gespielt ...
entsorgt

... wäre ich dir nur niemals begegnet

novum ⬙ pocket

Bibliografische Information
der Deutschen Nationalbibliothek:

Die Deutsche Nationalbibliothek
verzeichnet diese Publikation in der
Deutschen Nationalbibliografie.
Detaillierte bibliografische Daten
sind im Internet über
http://www.d-nb.de abrufbar.

Gedruckt in der Europäischen Union
auf umweltfreundlichem, chlor- und
säurefrei gebleichtem Papier.

© 2023 novum Verlag

ISBN 978-3-903382-55-8
Umschlagfoto:
Yana Lesiuk | Dreamstime.com
Umschlaggestaltung, Layout & Satz:
novum Verlag

www.novumverlag.com

Climate neutral
Print product
ClimatePartner.com/16547-2201-1002

VORWORT

Wie sagt das Sprichwort ... kleine Sünden bestraft der liebe Gott sofort ... große etwas später.

Als ob nicht eine Affäre Sünde genug wäre, kommen auch noch alle schlechten Tugenden, die den Menschen zugeschrieben, zusammen.

Falsche Liebe und feige Lügen.

Egoismus und Heuchelei.

Ambitioniert durch Lebensmüdigkeit und Frustration möchte ich von der anderen Seite des Ehebruchs berichten, die so eine Geschichte unweigerlich mit sich bringt.

Mir ist völlig klar, dass die meisten Leserinnen/ vielleicht Leser dieses Buches nicht gerade mitfühlen und ich erwarte kein Verständnis, sondern, dass viele vielleicht sogar Abscheu empfinden und nur aus Neugier lesen.

Und dann gibt es noch die, die ähnliches erlebt und durchgemacht haben, die ganz sicher, nickend durch die Zeilen gehen.

Ich kann und werde bewusst nicht über Namen, Orte und Zeiten berichten. Überwiegend zu seinem Schutz ... ich ... hab nicht mehr viel zu verlieren.

Da sich Fremdgehende Männer auf der ganzen Welt tummeln, auch in jedem deutschen Bundesland, laufe ich wohl nicht Gefahr ein einzelnes Exemplar zu beschreiben.

Natürlich gibt es nur sehr wenige Menschen, die davon wissen, genau genommen drei, zwei davon halten bis heute dicht, na und eine, eine gibt es immer, egal in welcher Lebenslage. Diesen beiden möchte ich danken für, nicht nur Trost, sondern auch warnende Worte und Kritik, die trotzdem nie vergessen haben wer ich bin, mich nicht verurteilt oder gar verstoßen haben, weil sie wissen, dass ich trotz dieser Sünde, ein Mensch wie jeder andere bin.

Es fällt mir nicht leicht dieses Buch zu schreiben, und ich habe lange darüber nachgedacht, immer wieder dagegen entschieden aber ich bekomme es nicht anders verarbeitet und bevor ich daran sterbe, tue ich es jetzt doch.

Die eine oder andere wird sicher, spätestens am Ende dieses Buches sagen, selber Schuld, die hat es nicht anders verdient aber wie bereits erwähnt, auch die andere Seite hat ihre Geschichte und es gehörten zwei dazu und ... schließlich ist heute nur meine Ehe und mein Leben zerstört.

1

Eigentlich schien mein Leben in Ordnung. Ich fuhr jeden Morgen laut singend zur Arbeit, irgend einen Song gab es immer im Autoradio, der mich mitzog, mich zum Singen, Pfeifen, Luftgitarre spielen oder auf das Lenkrad trommeln ließ.

Ich war verheiratet, Anfang Vierzig und gut darin geübt, Alltagssorgen zu meistern. Ein Kind, zu dem Zeitpunkt im Teeniealter. Schon ewig alleinerziehend. Mein Mann, Workaholic, beruflich im Ausland tätig, seit Jahren weit weg. Vater, Witwer, selbst ernannter Selbstaufgeber, nichts mehr zu erwarten. Es gab nichts, absolut gar nichts was nicht ich erledigen, organisieren oder besorgen musste. Alles war für mich bestimmt. Haus, Hof, Beruf, Arztwege, kochen, putzen für Vater, Schule. Ich arbeitete sehr viel, eigentlich rund um die Uhr. Egal, ich war nicht unzufrieden, vielleicht manchmal ein bisschen überfordert aber behielt immer die Füße am Boden. Tagein, tagaus, zu pflichtbewusst um zu kapitulieren. Machte Sport und hielt mich fit. Keine Zeit für Einsamkeit. Ich liebte meine Gartenarbeit und diverse Hobbys aber das war nicht der Deal, mit allem auf Dauer allein dazustehen.

Möchte kurz erwähnen, dass unser Haus ursprünglich für drei Familien gedacht war, so war es auch viele Jahre. Da nichts für die Ewigkeit ist, änderte sich auch bei uns einiges im Laufe der Zeit. Meine Schwester baute selber, meine Mama verstarb sehr früh und mein Mann ging aus beruflichen Gründen kurz danach ins Ausland, das war für ein, zwei Jahre geplant. So blieb alles an mir hängen. Ich hatte einfach nicht die Zeit mir große Gedanken zu machen und funktionierte nur noch. Meine Ehe geriet irgendwann fast ein bisschen in den Hintergrund, wir waren mittlerweile so weit auseinander, dass ich meinen Alltag unmerklich allein gestaltete und bei diversen Entscheidungen gar nicht mehr groß fragte, es musste laufen. Nebenbei versuchte ich mein, unser Kind so gut es ging auf den richtigen Weg zu bringen. Mein Vater der sich nach dem Tod meiner Mutter aufgab und an immer weniger teilnahm, somit wurde es für mich eher immer mehr. Ich hatte eine Zeit lang gehofft, er würde sich seiner Töchter zuliebe ein bisschen zusammenreißen und uns unter die Arme greifen, schließlich haben wir alle getrauert und gelitten aber daraus wurde nichts, es lag noch nie in seiner Natur sich um andere zu sorgen. Während er so vor sich hin dümpelte, stand ich nur noch unter Strom und so, genau wie mit meiner Ehe, geschah es, dass sich jeder in seiner Welt bewegte, nur mit dem Unterschied, dass seine immer kleiner und meine immer größer wurde. Nicht, dass es sich nicht gelohnt hätte, zumindest für meine Ehe zu kämpfen, um wieder ein Gleichgewicht herzustellen, aber es kam alles ganz anders. Nachdem ich so vier, fünf Jahre allein war, hab ich mich mal überreden lassen, auf eine Party mitzugehen. Dann mal Biergarten, Kino oder Schoppen, oh Mann, wie lange war ich nicht Schoppen. Bin dann hin und wieder mit der ein oder anderen Freundin los. Ich hatte zwar meine Hobbys, denen ich nachging, aber Mädchenkram hatte ich ewig nicht. Mein Leben sollte sich etwas ändern, es tat auch gut und brachte mal eine andere Energie in mich als immer nur die der Arbeit.

Eines Tages bekam ich eine Nachricht auf mein Handy, ich war noch gar nicht im Besitz eines Smartphones. Ich war mit Sicherheit die letzte meiner Generation, die noch keines hatte, alle anderen ballerten sich dauernd mit irgendwelchen witzigen Whats-App-Videos, -Bildchen und -Sprüchen zu. Ich war eben ein Landei, das, wenn es die Öffentlichkeit betrat, schnell mal overdressed war. Ich hatte sinnvolle Hobbys, dass ich die Smartphonewelt gar nicht vermisste. So erhielt ich halt eine SMS.

Hallo Cherie ... wie geht es dir?

Von einem Mann, den ich eigentlich nur wenig kannte, irgendwie ein gelegentlicher Arbeitskollege. Ich hatte ihn direkt optisch vor mir und erinnere mich, dass ich noch schmunzelnd dachte „Hm, was will der denn?" Ein Mann, nach dem sich die Frauen nicht unbedingt umdrehen. Ich erinnerte mich weiter und mir fiel ein, dass er wunderschöne Augen hatte, ansonsten fiel mir nichts ein, was mich hätte dahinschmelzen lassen. Wir tickerten ein bisschen hin und her. Jeder erzählte etwas belangloses aus dem Arbeitsalltag. Es war schnell wieder erledigt. Am nächsten Tag schrieb er wieder und wir schnakten über Gott und die Welt, wie man so schön sagt. Es war schon ganz schön mal einer neutralen Person aus dem Alltag zu berichten und so zog es sich. Es war mir ja auch nicht fremd mit Männern zu sprechen, albern und natürlich auch mal zu flirten. Ich hatte beruflich viel mit Männern zu tun. Mit Handwerkern zum Beispiel hatte ich sogar viel zu tun. Ich hatte auch Kumpels, da eine meiner Leidenschaften Autos waren. Ich konnte also durchaus mit der raueren Männerseite umgehen. Am nächsten Tag schrieben wir wieder und am darauf folgendem auch. Es wurde etwas privater und persönlicher. Zwischenzeitlich konnte man sogar mal wettern und schimpfen über den Job und den Alltag und viel Lachen. Schnell wurde gegenseitig bekannt wie doch der jeweilige Zufriedenheitsfaktor aussah. Im Job hielt es sich für beide Seiten in Grenzen, aber Privat sah es schon anders aus.

Wir schrieben dann wochenlang, nur über das Handy, nicht mal telefoniert. Komplimente über Komplimente in alle Richtungen, das tat gut bei all dem Frust und Zuwendungsmangel. Wir sprachen auch über Ehe und die wohl dazugehörigen Probleme und es stellte sich heraus, dass er genauso ausgehungert nach körperlicher Zuwendung war wie ich.

Irgendwann, als es wirklich schon alles ziemlich persönlich wurde, sagte er plötzlich, eine Affäre mit dir wäre sicher sehr aufregend. Oh mein Gott, trotz den bereits längeren Kontaktes konnte ich mir so was nicht vorstellen, ich weiß auch nicht mehr genau was ich darauf geantwortet hatte. Ich weiß aber noch, dass ich den Rest des Tages darüber flachste, ob man sich vielleicht einfach mal ein Spielchen oder ein klitzekleines Abenteuer gönnen sollte. Konnte mich aber mit einem ernsthaften Gedanken darüber nicht anfreunden.

Es blieb erst mal so stehen und die Zeit verging. Er wurde mir wichtig, obwohl ich mich hätte zurückziehen müssen. Aber diese Aufmerksamkeit tat so sehr gut. Mein Mann hatte so gar keine Zeit für mich. Immer nur mal schnell morgens zwei, drei Minuten telefonieren. Der Chef hatte einfach Priorität.

Wir schrieben weiter. Er fragte dann irgendwann ob er mal anrufen dürfte, ich erstarrte, überlegte was ich antworten sollte, mir fiel dann nichts besseres ein, dass ich noch zum Elternabend müsste und heute überhaupt nicht könnte. Gleichzeitig sprach ich mich selber an ... mein Gott tu es oder lass es. Und ehrlich gesagt hat mir seine Hartnäckigkeit gefallen, er ließ nicht locker mich persönlich besser kennenlernen zu wollen.

Später kam es dann noch zu einem Telefongespräch. Noch fühlte ich mich unberührt, noch habe ich mir nichts zu Schulden kommen lassen, aber tief in mir wuchs Sehnsucht ihn mal persönlich zu sprechen, ihn zu sehen.

Mittlerweile war sage und schreibe ein halbes Jahr vergangen, dass wir nur geschrieben haben. Ich erwischte mich aber auch, dass sich die Gedanken um meine Ehe häuften, ist wohl noch alles in Ordnung? Bis hierher schon aber wo soll die Reise hingehen? Schließlich hatte ich mit ihm bereits mehr Kontakt als mit meinem Mann. Ihm ging es genauso, der Unterschied lag nur darin, dass ich allein war und er mit seiner Frau zusammen lebte. Er war auch verheiratet, hatte auch ein Kind im Teeniealter. Aus unseren vielen Gesprächen entnahm ich, dass er ein liebevoller und fürsorglicher Vater war. Von Kollegen hörte ich dann mal von Eheproblemen bzw. dass er nur noch des Kindes wegen in dieser Ehe stecken würde. Aha, also auch so ein chronisch unverstandener und untervögelter, wenn ich mich mal so ausdrücken darf.

Zu diesem Thema gibt es später noch mehr zu berichten.

Kennt das eine von euch, dass man genau weiß, was man da gerade tut, ist so was von falsch und man lässt sich trotzdem darauf ein? Denn genau das tat ich. Als dann kam ... ich möchte dich sehen, lief ich zwar im Haus hin und her, weil ich wusste, es wäre nicht richtig, aber trotzdem ja sagte. Ich redete mir ein, um meinem Gewissen entgegenzusteuern, dass wir uns doch nur sehen und sprechen würden, es ist doch noch gar nichts passiert. Warum auch, ich ermahnte mich selber, bring deine Ehe in Ordnung und mach nicht so einen Mist. Du weißt, dass du verheiratet bist, und er ist es auch. Wollte ich das? Meine Ehe da mit reinziehen oder ist es im Moment einfach nur bequem so. Was ich aber wusste, ihn auch näher kennenlernen zu wollen. Ich verdrängte erstmals meine eigenen mahnenden Worte.

Mir laufen die Tränen über mein Gesicht während ich schreibe ... warum habe ich mich nicht zurückgezogen.

Ich willigte ein.

Wir trafen uns auf einer Raststätte, in aller Öffentlichkeit, es war bitterkalt. Er war schon da. Mein Körper bebte ganz still vor Aufregung. Trotzdem konnte ich es nicht lassen High Heels zu tragen. Ich lief, als hätte ich zum ersten Mal welche an, dabei bin ich trotz Landei quasi darin groß geworden. Ich riss mich zusammen, um mich nicht zu blamieren, es gefiel ihm und das entspannte mich um einiges.

Wir tranken Kaffee und redeten über belangloses Zeug. Komisch die gegenseitigen Nachrichten sahen ganz anders aus als unser Auge in Auge Gespräch, wahrscheinlich wollte keiner von uns auf persönliches ansprechen. Ich fragte dann aber nach seiner Ehe, wie es bei mir aussah wusste er schon. Eigentlich wäre in seiner Ehe alles soweit in Ordnung. Ach ... und was soll das denn hier werden? Du bist doch auch verheiratet, sagte er, ja das stimmt und ich weiß nicht, ob ich für eine Affäre geeignet wäre. Wir suchten nach irgendwelchen Themen um im Gespräch zu bleiben, um den direkten Augenkontakt zu neutralisieren. Er war schüchterner als ich dachte, musterte mich viel. Schweigen zwischendurch war unheimlich und aufregend zugleich.

Ich denke noch heute oft an dieses erste Treffen und noch heute schmerzt es sehr.

Ich weiß nicht mehr wie lange wir dort saßen. Nicht sehr lange. Wir gingen wieder raus und blieben an meinem Auto noch kurz stehen. Ich hatte mir gerade mein Traumauto gekauft und wir fachsimpelten darüber noch ein wenig. Natürlich sollte das Fahrzeug auch von innen begutachtet werden und schon saßen wir drin. Es knisterte und meine Gefühle fuhren Achterbahn, ein klitzekleines Küsschen kam zustande. Wir stellten uns an wie Teenies. Mein Gewissen und Begierde mischten sich und diese Mischung gefiel mir nicht. Ich fühlte mich mit dieser Situation überfordert, nicht frei zu sein und ihn aber jetzt berühren zu können. Er fragte, ob wir uns nicht etwas entspannen wollten, auch für ihn wäre das keine alltägliche Situation. Nein, ich möchte wieder fahren bevor es ausartet. Er wurde rot und es war ihm sichtlich unangenehm so schnell so was gesagt zu haben. Warum bin ich nicht auf die Idee gekommen, dass er nur … wollte. Wahrscheinlich weil er schon so lange gewartet hatte bis zum ersten Treffen. Ein Mann der nur zum Stich kommen will, kann das schneller haben. Wir hatten ja schon viel Kennlernzeit hinter uns.

Ich hab ihn aussteigen lassen. Wir verabschiedeten uns, indem wir uns in den Arm nahmen und ich fuhr wieder.

Mein Gott, was mach ich da? Habe ich mich gerade mit einem verheirateten Mann getroffen? Habe ich diesen Mann gerade geküsst? Und verspüre ich den Wunsch dieses wiederholen zu wollen? Ich musste alles mit Ja beantworten. Ich hielt an der nächsten Gelegenheit noch einmal an und musste erstmals durchatmen, am liebsten hätte ich einen Riesenschluck aus einer Whiskeypulle genommen, aber dafür fuhr ich heim. Ich sollte mich unbedingt melden ob ich gut zuhause angekommen sei. Oh, so was kannte ich gar nicht. So was hat ja noch niemand interessiert, dass sich jemand um mich sorgt. Ich war schon unzählige Male auf der Autobahn unterwegs, auch zu meinem Mann, aber ich kann mich nicht daran erinnern, dass irgendjemand mal danach gefragt hätte wie es läuft oder ob ich wo ich hinfuhr gut angekommen sei.

Wir blieben weiterhin gefühlte tausend Mal am Tag in Kontakt. Sein Interesse an mir wurde noch viel größer.

Bereits am Morgen war ich sein erster Gedanke und am Abend sein letzter. Mir ging es ebenso.

Er gab sich unglaublich viel Mühe mir zu gefallen. Waren wir auf dem Weg uns so richtig ineinander zu verlieben?

Ich habe versucht mich von solchen Gedanken fernzuhalten, aber dafür war es wohl zu spät. Es schien als gäbe es kein Zurück mehr.

Natürlich hätte es ein Zurück geben können, aber ich wollte nicht zurück, ich war wie gefangen in den unbeschreiblichen Glücksgefühlen.

Zwei Wochen später sollte es erneut zu einem Treffen kommen. Wieder an einem öffentlichen Ort. Trotz meiner Fehltritte bis hierher gab es immer noch eine gewisse Sicherheit nicht noch mehr größeren Unsinn zu machen. Wir gingen etwas spazieren und wie schon öfter musste ich feststellen, dass er sehr liebevoll, warmherzig und fürsorglich war. Wenn er von seinem Kind und der Familiensituation berichtete, hörte man es heraus. Zu diesem Zeitpunkt schien es ihm einfach nur wie mir zu gehen, keine Zuwendung von den Menschen, von denen es kommen müsste. Ausgehungert und vernachlässigt. Dabei beneidete ich seine Familie in gewisser Weise sogar, sie hatten sich alle. Ich hatte keinen Mann und mein Kind keinen Vater.

Mein Mann fand die Rolle des Ehemannes nicht wieder und die des Vaters auch nicht. Es stimmte mich traurig. Umso mehr hielt ich an ihm fest, er gab mir Aufmerksamkeit und das reichte mir.

Ich fragte wie sein ehelicher Alltag so aussehen würde, was passiert wäre, dass er gerade mit mir wäre, und nicht mit seiner Frau. Er berichtete, dass er noch gar nicht so lange verheiratet wäre, ich glaube zu diesem Zeitpunkt so zehn zwölf Jahre. Er war Mitte vierzig, ich Anfang vierzig. Ich hörte heraus, dass sie nie seine Traumfrau war, und ich hatte den Eindruck, dass sie auch nicht besonders gut zusammen passten. Es war einfach so wie für so viele, vielleicht der Sicherheit wegen oder der Kinder wegen. Ich konnte nicht einen Moment feststellen, dass seine Frau für ihn irgendeine Priorität hatte, ich meine, es gibt bekannterweise viele Menschen die untreu sind, aber ihren Partner niemals verlassen würden. Natürlicherweise kann man so was nicht nachvollziehen, aber warum das so ist, werde ich später noch etwas ausführlicher beschreiben. Diesen Eindruck hatte ich aber bei ihm nicht, eher, dass er durchaus bereit wäre, sein Leben zu verändern aber soweit waren wir noch gar nicht.

Als wir so gingen fiel es plötzlich aus mir heraus, ich sagte, ich hätte Angst mich so richtig zu verlieben. Er blieb stehen, nahm meine Hände und sagte, irgendwie schüchtern, Männern passiert so was auch. Da war es, er war auch längst verliebt. Ich empfand auch längst zu viel für ihn, aber war ich wirklich bereit? Wir gingen noch ein Stück. Nur kleine Berührungen, nur ein kleines Küsschen.

Ich fuhr wieder.

Weiterhin war er ständig besorgt um mich, ich war noch nicht zuhause angekommen rief er schon an. Oder im Alltag, mit alldem was so zu erledigen war. Er schimpfte immer mit mir, wenn ich berichtete, was wieder so anlag. Ich muss dazu sagen, dass ich mich nicht vor schmutziger

Arbeit drückte, es gehörte in mein Leben und war völlig normal.

Ich hatte Haus und Hof, da fallen nicht selten Arbeiten an, die nicht für eine Frau gedacht sind. Mir macht das nichts aus, es gibt doch auch sonst niemanden, wer soll es sonst machen, war immer kichernd mein Argument. Ja aber eine Frau von fünfzig Kilo darf so was doch nicht machen, war seine Antwort.

Es war eine Zeit gekommen, an der wir viel Anteil am Leben des anderes hatten. Wir erzählten uns so ziemlich alles und ich wurde jeden Morgen mit einem wunderschönen Spruch geweckt. Als nächstes musste ich ein neues Handy haben, auf seinen Wunsch hin. Oh man, ich und ein Smartphone, ich kann besser Reifen wechseln als so ein Ding bedienen, das sollte sich bestätigen. Er amüsierte sich köstlich als ich von meiner Neuerwerbung berichtete und es nach wenigen Minuten am liebsten aus dem Fenster geworfen hätte. Aber okay, ich krieg das hin, ich wollte ihn ja auch mal sehen. Na, wenn ich gewusst hätte, dass es zum wunderschönen morgendlichen Weckruf auch noch schöne Bildchen gibt, dann ja wohl erst recht.

Wir konnten es uns ohne einander nicht mehr vorstellen. Ich war sein Schatz, seine Prinzessin, seine Traumfrau. Er wurde für mich allmählich eine ganz große Liebe, später sogar zur Liebe meines Lebens. Er trug mich auf Händen. Wir wollten uns einfach besser kennenlernen und vielleicht eine schöne Zeit haben. Ich weiß, für jeden normalen Menschen, der auch noch verheiratet ist, der absolute Horrorgedanke. Schlecht, schlimm und unverzeihlich. Hätte ich bis dahin auch gedacht. Ich weiß auch nicht, ob ich das so gekonnt hätte, wenn ich mit meinem Mann zusammen gelebt hätte, selbst wenn unsere Ehe am Ende gewesen wäre, wäre es überhaupt soweit gekommen? Hätte man nicht eher alles versucht seine Ehe zu retten oder hätte man sich direkt getrennt? Ich wusste nur, dass er in seiner Ehe alles andere als glücklich und ich nur allein war.

Nun war es wohl so, eine Affäre, da kam ich nicht mehr heraus und wollte es auch gar nicht. Trennung von unseren Partnern war eigentlich kein Thema, über das wir groß sprachen, es war nicht Sinn der Sache, zu dieser Zeit.

Am nächsten Morgen ging ich wie jeden Morgen vor der Arbeit mit meinem Hund eine Runde. Selbstverständlich das Handy dabei (wäre mir früher nicht passiert). Es klingelte, wir redeten ein bisschen und er sagte „Ich muss etwas los werden." Oh, was ist los? Er „ich kann es gar nicht glauben, dass eine Frau wie du, sich mit einem Kerl wie mich, überhaupt abgibt." Er beschrieb sich kurz. Warum stellst du dich selber auf so ein niedriges Podest, war meine Antwort. Ich liebte diesen Mann längst, da sind Äußerlichkeiten nicht wichtig. Ich liebte wirklich alles an ihm. So ziemlich jede Frau hätte sich in diesen Mann verliebt, er hatte einfach, wie man so schön sagt … das gewisse Etwas.

Ein drittes Treffen stand an. Wir freuten uns sehr aufeinander. Die Schmetterlinge im Bauch waren mittlerweile auf Speed und wir zählten die Tage wie Kinder vor Weihnachten. Ich genoss dieses Gefühl so sehr, so begehrt zu werden, so wichtig zu sein. Ich machte mich zurecht, allein das war mal wieder schön. Jede Frau kennt dieses Gefühl und Männer auch, das lieben und brauchen wir alle.

Dieses Mal ging es schon direkt um uns, wir wollten uns. Alle Gedanken einfach abgeschaltet.

Es gibt einen Unterschied, ob man eine Affäre hat, in der es nur um die Befriedigung sexueller Bedürfnisse geht oder ob beiderseits Liebe im Spiel ist, bei uns war es Liebe. Vielleicht sogar ein Neuanfang. In der folgenden Zeit sagte er es mir so oft. Er rief jeden Tag nach der Arbeit an, jeden Tag. Er nutzte einfach jede Gelegenheit. Sonntags morgens beim Brötchen holen. Abends auf dem Weg zum Verein. Im Urlaub, schon am Flughafen.

So ging es lange, sehr lange.

Bei diesen Erinnerungen stehen mir direkt wieder die Tränen in den Augen. Die eine oder andere von euch wird das alles ganz anders sehen und über solche Menschen wie mich schimpfen und fluchen, wie kann man nur ... Ich rechne mit den schlimmsten Worten für eine wie mich.

Aber ich weiß, dass es viele gibt, die ähnliches erlebt haben, denn davon gibt es sehr viel mehr als sich viele vorstellen können. Die vom größten Glück bis hin zu Suizidgedanken berichten könnten.

Darauf komme ich später noch einmal zurück.

Es folgten viele Treffen. Die Abstände lagen bei durchschnittlich zwei bis vier Wochen. Wir hatten viele gemeinsame Interessen und waren viel unterwegs. Wir gingen immer Hand in Hand durch die Städte und ich hatte nicht ein einziges Mal das Gefühl, er müsste mich verstecken, er drehte sich nie um ob vielleicht mal Bekannte in der Nähe waren. Mir ging es nämlich so, mein Gewissen fraß mich auf, ich war ständig auf der Suche nach jemandem, der mich nicht sehen sollte. Er stand immer neben mir als würde ich zu ihm gehören. Das bestärkte mich in meiner Annahme, dass er am Ende seiner Ehe angekommen wäre, dass er mich lieben würde. Wir übernachteten in Hotels und besuchten diverse Events. Es gab nichts in dem er mich nicht mit einbezog. Ich liebte diesen Mann so sehr, dass ich mit ihm bis ans Ende der Welt gegangen wäre. In High Heels, in Gummistiefeln oder Barfuß, wie er es gern gehabt hätte. Wir waren nicht mehr in einer realen Welt, wir waren nur noch in unserer.

Ich fragte mich irgendwann wie lange das wohl noch so gehen würde. Eines Tages fragte ich ihn, wenn er mich doch so lieben würde, warum will er mich dann nicht ganz. Ich war zu allem bereit. Er „es hätte nichts mit wollen zu tun, sondern mit können". Es ging um sein Kind. Das bereits Sechzehn war. Ich habe nie Druck gemacht, dachte damals, okay er braucht noch etwas Zeit. Ich hatte Angst, wenn ich Druck machen würde, würde ich ihn eher verlieren. So habe ich es hingenommen.

Diese Zeit musste ich selber nutzen um wenigstens auf meiner Seite klar Schiff zu machen. Auch mein Mann hatte das nicht verdient, ich wollte ihn nicht ewig betrügen. Ich trennte mich von meinem Mann.

So was ist so schlimm, aber so konnte es nicht weiter gehen. Es fiel mir trotz meines Doppellebens schwer, schließlich hatte ich große Wertschätzung an meinen Mann. Er war es, der dafür sorgte, dass ich heute ein schönes Zuhause hatte. Er hatte, bevor er wegging viel an Haus und Hof gemacht. Wir hatten mal beide gemeinsam entschieden vorübergehend aus beruflichen Gründen wegzugehen, aber nicht wieder zu kommen hatte er wohl allein entschieden. Er hatte immer meine Wünsche erfüllt und ich glaubte ihm sogar als er sagte, dass er mich trotz dieser Lebensumstände immer geliebt hat. Er war sich unserer sicher. Wie sparsam die Flamme unserer Liebe loderte, war ihm nicht bewusst, mir bis dahin auch nicht. Trotzdem, dass es so zu Ende geht, hätte ich niemals gedacht. Wir waren beide am Boden zerstört. Unser „Kind" kam besser damit zurecht als befürchtet. Es kannte es nicht einen Vater zu haben, diesbezüglich hatte sich nicht viel verändert und ich konnte nicht in mein altes Leben zurück.

Ich musste also allmählich wissen, wo die neue Reise hingeht.

Dieses verdammte Wort Liebe, verändert bekanntlich alles. Das war nicht der Deal. Ich hielt umso mehr an ihm fest. Ich war krank vor Liebe. Ich war blind vor Liebe. Ich war nicht mehr ich selbst und wie süchtig nach diesem Mann.

Es muss sich doch irgendwann mal was verändern, er muss doch irgendwann selber so nicht mehr können und wollen. Mir reichte das so nicht mehr, ich hatte bereits für ihn alles aufgegeben, mehr geht doch nicht. Ich konnte nur warten aber wie lange noch? Es ging wieder alles so weiter, nur dass ich von Zeit zu Zeit zu zweifeln begann, es dauerte so lange, dass mittlerweile unsere Kinder heranwuchsen und bereits keine Teenager mehr waren. Schleichend veränderte sich alles ein bisschen, ich hatte nicht mehr so große Priorität. Kontakt ließ allmählich auf sich warten. Wenn ich zwischendurch was schrieb, konnte ich ja sehen, dass er online war, hat alle möglichen Nachrichten gelesen und vielleicht beantwortet nur meine wurden immer öfter ignoriert. Okay, ist situationsbedingt, man kann grad nicht immer, aber es häufte sich und ich kam mir irgendwie doof vor. Als ich bei nächster Gelegenheit nachfragte, hieß es, er hätte keinen Klingelton für Whats App. Hä ... bisher konnte er es nicht abwarten von mir zu hören, ich brauchte nur bis drei zählen, schwupps war er da. Nahm sein Handy mit ans Bett. Dafür, dass ich dachte, dass man sich mit ab vierzig lässt man sich eigentlich keinen mehr erzählen, da hat man bereits seine eigene Meinung über das Leben und die Menschen, ab Mitte vierzig ist man noch mal etwas gelassener und alles, was danach kommt, lässt man sich schon gar nicht mehr die Butter vom Brot nehmen. Ich jedenfalls war eigentlich so, dass ich durchaus mit zehn weiteren Personen an einem Tisch sitzen konnte und alle neun konnten anderer Meinung sein, ich stand zu meiner, auf diese Stärke war ich immer stolz, so bin ich erzogen worden. Ja, ich hatte mich für stark gehalten, selbstbewusst. Aber was ihn betraf war ich wohl der dümmste und schwächste Mensch auf dieser Welt.

Manchmal lagen ein paar Tage dazwischen. Erst war ich grausam, wenn ich mich mal tagsüber nicht melden konnte, aber wenn er mal keine Zeit hatte, war das nicht so dramatisch. Okay, ich war ja nicht mehr so neu.

Die Zeit ging ins Land und es wurde sehr übersichtlich, oft nur wenn es ihm in der Hose juckte. Bis hin zu, ich war nur noch wichtig, wenn es ihm in der Hose juckte. Für Treffen war kaum noch Zeit. Ich fühlte mich auf das Sexuelle reduziert. Oh mein Gott ... bin ich nur noch Betthäschen? Ich zweifelte sehr an seiner Ehrlichkeit. Ich dachte an Trennung. Lag Nächte lang wach, quälte mich.

Schatz ... wir haben doch Zeit. Nein verdammt, die habe ich allmählich nicht mehr. Es war unerträglich zu wissen, dass er sich jeden Abend neben seine Frau legt und wahrscheinlich die heile Welt vorspielte. Wie soll ich mir das sonst vorstellen. Er dachte wohl, wenn er mir erzählt, dass nichts mehr läuft, beruhigt mich das, es ging nicht nur darum, sondern dass er mit ihr nach wie vor sein Leben teilt und ich nur noch auf der Reservebank saß. Ich zweifelte an seiner Liebe. Ich sprach an, dass ich so nicht weiter

machen könne und wolle. Es macht mich kaputt.
Er wollte nicht, dass ich gehe.

Bis ich eines Tages eine alte Freundin wieder
traf.

Sie sah mir sofort an, dass ich ein unglückliches
kleines Häufchen war, obwohl ich eigentlich versucht hatte mir nichts anmerken zu lassen, ich
wollte eher gar nichts erzählen. Sie bohrte so
lange bis ich dieses Thema anschnitt. Nur so …
ich hab da jemanden kennengelernt, sie direkt …
und warum bist du dann unglücklich? Ich berichtete etwas und schon nach dem dritten Satz
schlug sie die Hände über den Kopf, bat mich aber
weiter zu erzählen. Am Ende zog sie die Augen-
brauen hoch und meinte, wie du auch? Du? Bist
auf so einen reingefallen? Als ich beantworte-
te wie lange das schon so gehen würde, fehlten
ihr für mehrere Minuten die Worte. Dann bist
du ja noch naiver als ich es war. Wie jetzt … du?

Sie hatte mal eine ganz ähnliche Situation, hatte sich auch wegen einer neuen Liebe von ih-
rem Mann getrennt. Auch sie sehnte sich nach

einem neuen Leben mit einer neuen Liebe. Nur, dass sie nicht so lange mit sich spielen ließ. Sie machte schnell Nägel mit Köpfen und stand eines Tages vor seiner Tür. Dieser kannte sie natürlich plötzlich nicht mehr, aber dank unserer Handys ist so was ja schnell belegbar. Sie klärte seine Frau direkt auf und siehe da, von Trennung keine Spur, es kriselte in dessen Ehe nicht einmal. Ja, ich denke schon, dass ich vielleicht auch an so einen geraten bin. Nein du bist definitiv an so einen geraten, vergiss das mit Liebe und so, du bist nur ein Bumsbunny wie ich und unzählige andere. Ein Mann, der sich trennen will, tut das, statistisch gesehen, innerhalb von zwölf Wochen oder gar nicht. Deiner wird sich niemals trennen, der hat die Eier gar nicht. Aus Verzweiflung verteidigte ich ihn noch.

Ich rannte heulend davon. Mir ging es tagelang schlecht. Das kann nicht wahr sein. Ich gehe auf die fünfzig zu und bin so blöd? Nein, das wollte ich nicht wahrhaben, meine Welt brach zusammen. Dann wird es erst richtig spannend, wie ich heute weiß, ich treffe zu meinem Glück auch noch einen Bekannten, eigentlich einen gelegentlichen Arbeitskollegen, er wusste von uns, oh mein Gott, hatte er uns mal gesehen? Nein, mein Lover selbst berichtete von unseren Treffen, ich war schockiert, angeblich prahlte er damit. Er: wenn er dich fertig gespielt hat, wird er dich fallen lassen wie eine heiße Kartoffel. Da er selber um mich herum schwänzelte und durch die Blume Interesse andeutete, glaubte ich ihm nicht. Klar hat er nichts Gutes über ihn zu sagen, könnte ja gelingen mich abzuwerben. Ich machte ihm klar, dass ich keine bin, die mit jedem loszieht, ich bin kein Betthäschen für Männer die zuhause nix zu spielen haben. Heute weiß ich, dass er trotzdem Recht hatte.

Ich ließ mir aber nicht viel anmerken und spielte ein neu gemischtes Spiel mit. Gemischt in Form von meiner unerschütterlichen Liebe zu ihm und der Gedanke tatsächlich auf so jemanden reingefallen zu sein. So blieb ich im Spiel und verlor ihn nicht ganz.

Das animierte mich aber ein bisschen zu recherchieren.

Ich begann im unmittelbaren Umfeld, Bekannte, flüchtig Bekannte und schließlich Fremde in ganz Deutschland. Jedes Alter, jedes Geschlecht.

Und ja, auch ein ganz kleines bisschen über seine Frau. Woher kommt eigentlich das Interesse eines verheirateten Menschen an das andere Geschlecht, mit dem man nicht verheiratet ist? Sie trug keine Frisur die ihm gefallen würde, sie trug keine Kleidung die ihm gefallen würde, sie trug auch keine Schuhe die ihm gefallen würden, nein nichts an ihr könnte ihm gefallen, sie war zumindest das volle Gegenteil von zum Beispiel mir. Ich weiß es hört sich sicher irgendwie überheblich an, aber genau wie Männer spielen auch Frauen in unterschiedlichen Ligen, wie eben jeder sein Leben gestaltet hat, Ansprüche an sich selbst und das Leben stellt sind nunmal individuell.

Das ist nicht böse gemeint, aber ich frage mich, warum so viele Menschen an jemanden hängen bleiben, der sogar nicht dem entspricht was einem gefällt. Heute könnte ich mir sogar vorstellen, dass er sich an eine starke Frau sozusagen nicht ran traut. Als Gespielin war das okay, aber im richtigen Leben hätte er sich umstellen müssen. Ich bin keine die einen Mann braucht um eine Glühbirne zu wechseln, Kaminholz zu hacken oder Reifen zu wechseln.

Na ja zurück zu meinen Recherchen.

Ich würde mir niemals jemanden aussuchen, der so gar nicht meinen Vorstellungen entspricht, ja jetzt kommt sicherlich so was wie: wie unwichtig doch Äußerlichkeiten wären, ja das stimmt, aber jeder hat doch ein bisschen einen Typ, egal ob Männlein oder Weiblein, es gibt doch nun mal Menschen, die keine Sympathie füreinander entwickeln, sie gefallen sich einfach nicht. Ihr wisst schon was ich meine. Und ja, manchmal auch „wo die Liebe hinfällt" ...

Unglaubliches hörte ich, zufällige Gespräche, gezielte Gespräche, am besten in Kneipen oder wo man Menschen kennenlernen kann. Sowie man ein vertrauenswürdiger Gesprächspartner ist, wird geplappert was das Zeug hält. Basis war eine Statistik erstellen zu wollen und selbstverständlich keine Namen verwendet würden. Sicherlich war auch der ein oder andere Spinner, Wichtigtuer dabei.

Ich habe im Rahmen meiner Recherche mit Männern gesprochen, die mir die Sprache verschlugen, ich habe mir nichts anmerken lassen, es waren ja ernsthafte, wichtige Gespräche. Ich tat sogar verständnisvoll. Aber was ich teilweise zu hören bekam, war schon sehr informativ und oft erschütternd. Es gab Geständnisse wie zum Beispiel bereits wenige Wochen nach Eheschließung fremd gegangen zu sein oder sogar in der Hochzeitsnacht die frisch Geehelichte betrogen zu haben. Ja ... gar nicht sooo selten. Was ist da los? Warum lass ich es nicht noch mit heiraten, wenn ich mir die Hörner noch nicht abgestoßen habe? Dann binde ich mich nicht. Auf die Frage, ob sie sich wieder verführen lassen würden, bekam ich bei 10 Befragten 7 mal „Ja, könnte passieren".

Ist es wirklich nur der urige männliche Fortpflanzungstrieb oder hat der Mensch von heute einfach kein Schamgefühl oder Gewissen mehr?

Wenn ich daran zurückdenke, dass ich selbst schon die Plage von Gewissensverdrängung erlebt habe, schäme ich mich in Grund und Boden.

Aber es gibt auch Männer, die wiederum einen Seitensprung der Partnerin nicht verzeihen würden. Und ja, Männer leiden nicht weniger wenn sie betrogen werden. Es gibt immer noch Männer und Frauen für die Untreue, absoluter nicht zu verzeihender Vertrauensbruch und Enttäuschung wäre.

Es gibt da diesen Spruch: Eine Frau, die dich liebt, verzeiht dir jeden Fehler, wenn dieser Fehler nicht eine andere Frau ist.

Aber, leider gibt es auch diese Paare, die tatsächlich überhaupt nicht zusammenpassen.

Weil einfach der Deckel nicht auf den ausgesuchten Topf passt, es wird niemals so sein, dass jeder Topf auch seinen passenden Deckel findet, klar, aber muss man den Deckel mit aller Macht behalten obwohl er offensichtlich nicht passt, ich sage nein. Ich versuche es besser mit einem anderen Deckel bevor die Suppe überläuft.

Meine eigenen Eltern sind ein gutes Beispiel. Meine Mutter hat mehr unter meinem Vater gelitten, als dass man es eine glückliche Ehe nennen konnte. Wir haben als Kinder schon den ewigen Ehestress mitbekommen, meine Mama war nicht glücklich mit unserem Vater, aber sie hat es mitgemacht, warum? Ich habe sie, als ich alt genug war, mal gefragt, warum lässt man sich das gefallen, ich meine sie wurde nicht verprügelt oder so was, aber mein Vater war ein Pascha, Weib, wann ist das Essen fertig, oder muss ich in die Kneipe gehen. Ich fand das immer schrecklich, Mutter hat funktioniert, sie wollte einfach nur eine heile Welt.

Ich bin sicher, wenn man sich nicht wie üblicherweise zu früh für einen Deckel entscheiden würde, könnte es für die ein oder andere Beziehung oder Ehe anders aussehen. Da aber Familienplanung relativ früh ansteht wird oft übereilt gehandelt. Das liegt wiederum meistens an den Frauen. Es ist wohl unsere Natur die Familie komplettieren zu wollen. Bei Männern habe ich oft eher das Gefühl, das Leben noch etwas länger ohne Kinder genießen zu wollen, denn es ändert sich schließlich doch so manches. Es geht oft schon damit los, dass der holde Gatte sein geliebtes Auto aufgeben muss oder noch schlimmer, es gibt Frauen die ihren Männern verbieten Motorrad zu fahren. Viel zu gefährlich, entweder hat sie selber Angst davor oder so was macht man einfach nicht mehr, wenn man Kinder hat. Ich persönlich bin der Meinung, nicht alle Hobbys muss man aufgeben wenn Nachwuchs geplant ist. Wenn der Respekt da ist, kann man sich gegenseitig helfen um ihr oder sein Hobby zu erhalten.

Mir hat mal ein Rocker erzählt, sein Kumpel, auch Rocker, lernte die Liebe seines Lebens kennen, stellt sich für diese komplett um, kein Bar mehr, keine schmuddeligen Lederklamotten, kein Motorrad und anständiger Haarschnitt. Eines Tages, mit dem brav bürgerlichen Familienauto auf der Autobahn. Fahren an einer gemütlich vor sich hin blubbernder Harley Davidson vorbei, Fahrer voll der Rocker, schmuddelige Lederklamotten, Bart und Pferdeschwanz, SIE: wow, cool, solche Typen sind cool. ER: ... kein Wort.

Haben da wohl Topf und Deckel wirklich zusammengepasst?

Ich denke nicht. Ich denke, da hat sich jemand aufgegeben um dem anderen gerecht zu werden.

Wie sieht so eine Ehe beziehungsweise Beziehung aus? Wenn man zum Beispiel an jemanden hängen bleibt, der eben nicht der auf Dauer passende Partner ist oder wenn man wegen der Kinder oder Haus zusammen bleibt. Ich habe schon oft selber erlebt, sogar im Bekanntenkreis, wie dann teilweise miteinander umgegangen wird. Nicht selten sind es Ehefrauen mit Töchtern, die Papa voll im Griff haben. Wo Töchterchen schon in die Wiege gelegt bekommt, dass Papa nicht viel zu melden hat. Er dann irgendwann gar nicht mehr er selbst ist, weil er nur funktionieren muss und dauernd seinen Prinzessinnen irgendwelche Wünsche erfüllen darf, seine Bedürfnisse werden geschickt ignoriert.

Anderes Beispiel, selber im Supermarkt erlebt. ER läuft hinter Frauchen her, die natürlich zu 90 Prozent die Produkte des Einkaufs auswählt. Oh 10 kg Waschmittel im Angebot. ER tut total interessiert, dreht und wendet das Paket hin und her um es am Ende, völlig davon überzeugt, in den Einkaufswagen stellt. Mal ehrlich, wie viele Männer interessieren sich wirklich dafür, was Mutti für ein Waschmittel benutzt? Aber diese Zeremonie, gerade der aufmerksame Ehemann zu sein, könnte Hoffnung schüren, dass Mutti heute Abend so gut gelaunt ist, dass vielleicht im gemeinsamen Schlafgemach noch was laufen könnte.

Oder die Weihnachtsspezies, die drei Tage vor dem Fest der Liebe im Blaumann durch die Stadt hasten um doch „irgendwas, für die Holde" zu finden. Dabei sollte man sich gut genug kennen, um zu wissen, was gefallen würde oder einfach die anderen 364 Tage mal zuhören, denn jede Frau sagt es gelegentlich selbst, wenn auch durch die Blume „die es auch schon ewig nicht mehr gab", was ihr gefallen würde, und würde man sich kennen, wüsste man es auch.

Umgekehrt natürlich auch. Dann würde auch nicht so oft passieren, dass Männer zu Weihnachten Pullover bekommen.

Oder im Urlaub, auch selber erlebt. Sie fielen am Flughafen schon auf. Mama, Töchterchen und er. Im selben Hotel, er trottet immer hinterher, egal ob am Pool, zum Strand oder zum Speisesaal, einer muss ja Mama und Kind, gerne übergewichtig, bedienen und bespaßen. Eis, Snacks, alles wird brav von Papa zur Liege gebracht, wahrscheinlich war er froh, überhaupt mit zu dürfen, na ja, muss ja auch bezahlt werden. Natürlich brauchen sich auch jetzt nicht die angesprochen fühlen, bei denen das nicht so läuft. Ich weiß, dass es nicht im Allgemeinen so ist, aber häufiger als ihr denkt. Okay, gut damit. Warum denke ich an einen Trottel geraten zu sein, der auch nur noch bei seiner Familie ist, weil er sich eben einfach verpflichtet fühlt, untergebuttert und ja ... gebraucht. Liebe? Nein, kann er mir nicht weismachen, nehme ich ihm einfach nicht ab, eher wie bei meiner Mama, die Welt muss heil sein und dafür gibt man teilweise die eigenen Interessen auf und fügt sich eben.

Irgendwie erscheint das wohl vielen Menschen der einfachste Weg.

Also, das möchte ich damit nur sagen, wenn der Deckel nie gepasst hat oder eben nicht mehr passt, ist es für alle keine gute Idee ihn drauf zu lassen.

Ich kann nur nicht glauben, dass ich den ... für mich doch eigentlich brauchbarsten Mann verlassen habe, für einen anderen. Für einen, der, wie ich heute weiß, den Dreck unter den Fingernägeln nicht wert ist. Ich möchte so etwas nicht sagen, aber es ist meine Empfindung und dabei geht es überhaupt nicht darum, dass er mich verlassen hat, das wäre wohl so oder so gekommen, einer von uns beiden wäre irgendwann gegangen, sondern um die Art und Weise wie.

Ich berichte weiter. Es gab kaum noch Treffen. Ich war einfach nicht mehr wichtig. Von Liebe wie ich sie kannte irgendwie keine Spur mehr, nur noch belangloses Gefasel. Ich konnte es nicht fassen, was ist passiert. Habe ich wirklich für diesen Mann mein altes Leben aufgegeben?

Was ist aus seiner unerschütterlichen Liebe geworden, wo ist sie auf der Strecke geblieben und wann. Wie kann mir jemand, den ich so sehr geliebt habe, plötzlich nicht mehr wichtig sein. Einfach alles andere war plötzlich wichtiger. Jede Einladung zum Geburtstag, jedes Grilltreffen mit dem Nachbarn, jedes Fußballspiel im Fernsehen, jeder Sack Reis, der in China umgefallen ist, war wichtiger.

Natürlich war ich noch immer die Traumfrau, klar er wollte ja zum Zug kommen.

Bis heute ist die größte Enttäuschung an dieser Geschichte für mich, dass ich so ein Ende niiiiemals von ihm gedacht hätte, viele Menschen enttäuschen im Laufe des Lebens aber von ihm hätte ich niemals gedacht, dass er so sein würde.

Nach langer Zeit gelegentlichen Kontaktes erzählte er von einem Aufenthalt, in dem er sich die nächsten Tage befinden würde und ob ich

ihn dort nicht mal besuchen wollte. Ich überlegte kurz und willigte ein, schon um mal Klar-
heit zu schaffen, von Angesicht zu Angesicht.
Ehrlich gesagt, konnte ich immer noch nicht so
richtig ohne ihn. Irgendwas in mir ließ ihn nicht
los. Ich liebte ihn immer noch. Ich fuhr hin. Es
wurde später als geplant, weil mein Auto kleine
Probleme machte. Er rief unterwegs mehrmals
an, freute sich angeblich sehr auf mich. Als ich
dann mit Verspätung ankam war ich doch sehr
enttäuscht, er hatte sich die Wartezeit mit reich-
lich Bier versüßt und hatte schon einen gut er-
höhten Pegel.

Einfach super, ich glaube es ja nicht. Am liebsten wäre ich direkt wieder gefahren. Er lud mich
dann noch in die Runde der Trinkbrüder ein. Ich
dachte, fahr wieder, was willst du hier, was soll
das werden. Bevor ich was sagen konnte, stand
er auf und bat mich, mit ihm zu kommen, ich
könnte bei ihm übernachten. Okay, vielleicht
lässt sich morgen früh noch etwas reden.

Heute könnte ich mich ohrfeigen, wie blöd muss
man sein. Diese Nacht war nicht schön. Am

nächsten Morgen stand er früh auf, ging duschen und hatte es plötzlich irgendwie eilig, ich kannte diesen Mann überhaupt nicht wieder, nichts nettes oder liebes, keine Zärtlichkeit oder ein paar liebe Worte, als wäre ich eine bestellte Prostituierte die man schnell wieder los werden wollte. Ich war sprachlos aber es sollte noch schlimmer kommen.

Ich fuhr wieder, hatte nicht einmal die Zeit mir die Zähne zu putzen oder dass wir noch in Ruhe einen Kaffee zusammen trinken. Die folgenden Tage war wenig Kontakt. Ich war kurz vor dem endgültigen Zusammenbruch. Zwei Wochen später, ein Anruf von ihm. Seine Frau wäre dahinter gekommen, wir müssten mal ein paar Monate die Füße still halten, seine Worte. Er war total schockiert, dass sie nicht mit ihm sprechen wolle.

Ich konnte es nicht fassen, da war der Beweis, dass keine Minute in all der Zeit von Trennung die Rede war, ich war tatsächlich nur eine Affäre.

Das allerschlimmste war, dass ich es ja längst wusste, aber warum kam ich von diesem Mann nicht los? Ich war damals tatsächlich davon ausgegangen seine neue Liebe zu sein und er meine. Wie kann man so etwas so lange mit sich machen lassen?

Ich werde das niemals überwinden und an jedem neuen Tag, bis heute werde ich damit nicht fertig.

Kein Kontakt mehr. Einfach alles weg. Mein ganzes Leben futsch. Ich fasse es bis heute nicht. Es vergingen Monate. Irgendwann fasste ich all meinen Mut zusammen, ich ging in seinen Chat und wartete auf das so bekannte Wörtchen „Online", ganze zwanzig Minuten wartete ich, dann war er da. Ich schrieb nur „ich kann nicht glauben, dass du dich nach all den Jahren nicht einmal verabschiedest" und jetzt kommt es.

Er: antwortete ?????????????????????

Nein, das glaube ich jetzt nicht. Ein Stich ins lebende Herz.

Ich: wie ... schon vergessen?

Er: weg

Einige Minuten später kommt dann plötzlich, okay, du hast Recht. Bitte ruf mich am Donnerstag um 19 Uhr mal an, dann kann ich dir mehr dazu sagen.

Wortwörtlich.

Ich rief an dem besagten Abend an, er wollte ein Videogespräch, das selbstverständlich seinerseits nicht funktionierte, also normal Telefonat.

Er: Es gab keinen Tag, an dem ich nicht an dich gedacht habe.

Ich: Ach ... wie schön, bin zu Tränen gerührt.

Das war ich tatsächlich, aber nicht vor Freude.

Ich: Wie kannst du sowas machen? Hätte ich niemals von dir gedacht, ich kann mit dieser Enttäuschung und all den Lügen nicht leben.

Er: Ich habe dich nie belogen, ich habe wirklich so empfunden. Ich habe meine Frau ja immer bei dir schlecht gemacht, aber ich würde meine … niemals verlassen.

Ich: Wie geht sowas? Du hast diese Frau jahrelang belogen und betrogen. Jahrelang. Und mich belogen. Hast du eigentlich eine Ahnung, was du angerichtet hast? Ich habe meinen Mann für dich verlassen, ich Blödi habe gedacht, du liebst mich. Wie konnte ich nur so blöd und so blind sein?

Er: Bitte sag nicht sowas.

Ich: Was soll ich sonst denken? Wie stelle ich mir das vor? Sitzt du jetzt abends neben ihr auf dem Sofa, streichelst ihr das Knie und heuchelst „Ach Schatz, ich liebe dich doch"?

Er: Jaaa … ich weiß.

Für wen von euch hört sich das nach Liebe an?

Für mich ist er einfach nur ein jämmerlicher Feigling, ein Heuchler, ein Lügner.

Ich will gar nicht wissen, was er zuhause erzählt hat. Es gibt noch den ein oder anderen Satz, den ich leider nicht wiedergeben kann, zu individuell.

Mein Gott, wenn diese arme Frau doch wüsste, mit wem sie das verheiratet ist, ich bin sicher, wenn sie die Wahrheit kennen würde, würde sie heute noch ihre oder seine Sachen packen. So etwas verzeiht niemand, ein Seitensprung, eine kleine kurze Affäre, vielleicht aber was er gemacht hat, nein, sowas mit Sicherheit nicht, aber wahrscheinlich spielt er ihr jeden Tag den braven Ehemann.

Es ist bis heute für mich unerträglich. Mein Herz starb durch diesen Stich.

Unfassbar wie man sich in Menschen täuschen kann. Jeder Tag, jeder verdammte Tag ist eine Qual. Ich habe bis heute keinen Weg gefunden damit endlich fertig zu werden, nicht mehr daran denken zu müssen. Ich plage mich immer noch jeden Tag damit, jemanden so sehr geliebt zu haben und so sehr geliebt worden zu sein für den man am Ende keinerlei Bedeutung hatte, ja nur ein Spielzeug war das einfach weggeworfen wird. Bevor es unangenehm und störend im Weg liegt.

Ich weiß nicht warum der Mensch so schlecht mit solchen oder ähnlichen Enttäuschungen zurechtkommt. Wahrscheinlich sind es einfach nur Emotionen, die sich einige Menschen bewahrt haben.

Selbstverständlich gibt es Schlimmeres was der Mensch erdulden muss, Herz, Seele und Körper kaputt macht und ich möchte gar nicht wissen, was andere Menschen so erleben, wie viel Leid das nicht sein müsste, aber das ist meine Geschichte.

Immer noch holen mich Suizidgedanken ein, aber ich muss stark sein, wieder stark sein, so wie früher, ich habe Familie, die mich braucht aber ich frage mich, ob ich je wieder lieben und vertrauen kann.

Ich sollte ihn hassen, verfluchen, wäre das nicht normal? Und ich weiß noch nicht wie und wann ich endlich vergessen kann, aber wahrscheinlich werde ich eher den Rest meines Lebens auf ihn warten.

HIER FÜR AUTOREN A HEART FOR AUTHORS À L'ÉCOUTE DES AUTEURS MIA KA
FÖR FÖRFATTARE UN CORAZÓN POR LOS AUTORES YAZARLARIMIZA GÖNÜ
PER AUTORI ET HJERTE FOR FORFATTERE EEN HART VOOR SCHRIJVERS TE
ZOINKÉRT SERCE DLA AUTORÓW EIN HERZ FÜR AUTOREN A HEART FOR AUTH
BCEЙ ДУШОЙ К АВТОРАМ ETT HJÄRTA FÖR FÖRFATTARE À LA ESCUCHA
ΠΑ ΣΥΓΓΡΑΦΕΙΣ UN CUORE PER AUTORI ET HJERTE FOR FOR
ΖΟΪΝΚΈRT SERCE DLA AUTORÓW
ÇÃO BCEЙ ДУШОЙ К АВТОРАМ E

Die Autorin

Victoria Mhuk wurde 1969 geboren und erlernte
den Beruf der Schneiderin. Nach der Wende zog
sie mit ihren Eltern in den Westen, wo sie ihren
späteren Mann traf. Seit 2008 arbeitet sie im
öffentlichen Dienst.
Sie hat viele Leidenschaften wie Reiten, Tiere,
Natur und große Autos.
Sie möchte mit ihren Zeilen eigene Erfahrungen
mitteilen und daran erinnern, dass jeder selbst
seines Glückes Schmied ist.

novum ▲ VERLAG FÜR NEUAUTOREN

Der Verlag

*Wer aufhört
besser zu werden,
hat aufgehört
gut zu sein!*

Basierend auf diesem Motto ist es dem novum Verlag
ein Anliegen, neue Manuskripte aufzuspüren, zu ver-
öffentlichen und deren Autoren langfristig zu fördern.
Mittlerweile gilt der 1997 gegründete und mehrfach
prämierte Verlag als Spezialist für Neuautoren in
Deutschland, Österreich und der Schweiz.

**Für jedes neue Manuskript wird innerhalb we-
niger Wochen eine kostenfreie, unverbindliche
Lektorats-Prüfung erstellt.**

Weitere Informationen zum Verlag und
seinen Büchern finden Sie im Internet unter:

w w w . n o v u m v e r l a g . c o m

Zeitfracht Medien GmbH
Ferdinand-Jühlke-Straße 7
99095 Erfurt, Deutschland
produktsicherheit@kolibri360.de